Tipik
cadet

Les morvelons du pays de la Frayeur

Robert Ayats

illustrations
Adrien Ménielle

Magnard Jeunesse

Collection animée par Jack Chaboud

20, rue Berbier-du-Mets - 75013 Paris
www.magnard.fr

Photogravure : MCP/Jouve
Conception de couverture : Lonsdale

N°ISSN : 1767-3046/N°ISBN : 2210981522

Dépôt légal : avril 2006 - N° d'éditeur : 2006/105
Achevé d'imprimer en février 2006 par Eurografica - Vicenza (Italie)

chapitre 1

Dans certaines contrées vivent les gnomes, les elfes, les trolls et les morvelons.

Ces derniers passent leur temps à cultiver la bêtise et la méchanceté.

L'une des plus abominables familles que l'on connaisse habitait le pays de la Frayeur.

Anthrax, le père, puait atrocement car il ne se lavait jamais.

Furibonde, la mère, disait sans arrêt des gros mots.

À table, les petits morvelons devaient manger le plus salement possible. Le plus dégoûtant avait droit à deux desserts, les autres à deux punitions.

Ils étaient tous plus laids, plus sales, plus méchants les uns que les autres, sauf Barbare, le dernier enfant de la famille, qui ne faisait aucun progrès dans le domaine du mal.

Non seulement il n'aimait pas jeter des pierres sur les vieux pépés morvelons, mais il lui arrivait de se laver les dents en cachette et de dire « s'il vous plaît » et « merci ».

Au moment du coucher, Barbare ne pouvait pas s'empêcher d'essayer de faire la bise à ses parents en disant gentiment : « Bonsoir papa, bonne nuit maman ».

BEURP

Le jour où il salua poliment Kasspied, leur voisin, Anthrax et Furibonde décrétèrent que cela ne pouvait plus durer.

Ils décidèrent alors de confier Barbare à l'oncle Féroce, qui aurait pour mission de lui faire faire un tour du monde de la méchanceté.

Pendant ce voyage, l'affreux tonton lui ferait rencontrer les pires créatures qui existent, dans l'espoir que Barbare devienne enfin l'horrible petit morvelon dont rêvaient ses parents.

Fier de sa mission, Féroce avait emporté ses plus vilains habits, préparé ses plus mauvais conseils et bien aiguisé sa méchanceté.

On allait voir ce qu'on allait voir !

chapitre 2

La première étape devait les mener chez leurs cousins les trolls.

« Bon, alors je te le répète, quand nous arriverons, surtout tu ne dis pas bonjour ! Tu ouvres la porte d'un grand coup de pied et tu fonces voir ce qu'il y a dans le garde-manger. À table, tu bouscules tout le monde pour te servir le premier. Tu te jettes sur la nourriture et tu prends les plus gros morceaux.

— Oui, tonton Féroce.

— Ne dis pas : “Oui, tonton Féroce”, sale gamin, dis-moi des gros mots.

— Oui, tonton Féroce.

— Oh là là, je sens que ça ne va pas être facile !

— Tonton Féroce, comment ils sont, les trolls ?

— Ah, si tu savais à quel point ils sont méchants, un vrai bonheur ! Et bêtes, avec ça ! Ils n’ont qu’une idée en tête, faire le mal. Tu vas adorer.

— Heu... et une fois qu’ils ont fait le mal, qu’est-ce qu’ils font ?

— Rien d’autre, ils ne savent faire que ça, alors ils recommencent.

— Et si on essayait plutôt de rencontrer des elfes ou des gnomes.

— Pour les battre ?

— Non, juste pour faire connaissance, je n’en ai jamais vu.

— Mais tu veux que je te morde une

oreille pour t'apprendre à vouloir faire la causette avec ces nabots ? éclata Féroce. Ce soir, nous dormons chez les trolls, que ça te plaise ou non ! »

À la tombée de la nuit, ils arrivèrent devant la maison des trolls.

« Pour la première fois, expliqua Féroce, je vais te montrer. Regarde bien ! »

Et il décocha dans la porte un coup de pied à tuer un buffle. Vlam badaboum ! Au lieu de s'ouvrir, la porte explosa en mille morceaux.

Féroce se retrouva tout bête devant ses cousins.

« Heu... bonjour... excusez-moi... mais... je voulais montrer un truc au petit... et...

— Non mais dis donc, espèce d'abruti ! l'invectiva Ignoble, le chef de famille, on ne t'a pas appris les bonnes manières ? Premièrement, on ne dit pas bonjour et, deuxièmement, on ne présente pas ses excuses ! Alors tu répares les dégâts et tu dégages vite fait ! Par contre, le petit peut dormir ici, lui, parce qu'on n'est pas des sauvages, nous ! »

Honteux, vexé, Féroce répara la porte comme il put et alla dormir sous un arbre en maugréant, cependant que Barbare, à sa grande surprise, était bien reçu par ses cousins.

chapitre 3

« Je ne comprends pas, tonton Féroce, disait Barbare le lendemain, ils n'ont pas été méchants, juste un peu en colère quand tu as démoli leur porte.

— Tais-toi, sale gamin ! Moi non plus, je ne comprends pas. Normalement, le coup de la porte, ça aurait dû les faire rire, et ensuite ils auraient dû te faire des misères parce que tu es jeune et faible.

— Oui, mais tu as dit bonjour et tu as présenté des excuses !

— Je sais, ça m'a échappé.

— En tout cas, ils sont drôlement sympa, les trolls.

— Mouais... Bon. Écoute, Barbare, tu vas me jurer de ne jamais raconter cette histoire à tes parents.

— Oui, tonton Féroce.

— Bien... heu... merci. Enfin non, pas merci ! Ah, zut, n'en parlons plus ! Bon, maintenant, on va aller voir Fétide.

— Qui c'est ?

— Une sorcière abominable qui passe son temps à transformer en cloportes, cafards, poux et autres cochonneries tout ce qui passe à sa portée.

— On ne risque rien, nous ?

— Barbare, je crois que tu n'as pas encore compris que tu es sous la protection du plus redoutable morvelon du pays de la Frayeur. »

La caverne de Fétide était vide. D'énormes araignées pendaient du plafond, dans une marmite cuisaient un rat et des yeux de serpents.

« Hou ! hou ! Fétide ! C'est bizarre, je ne la vois pas. Bon, on va l'attendre. Oh ! Regarde sur cette table, sa baguette magique ! Si on l'essayait ?

— Tu crois, tonton, ce n'est pas dangereux ?

— Mais non, trouillard ! Tu vas voir, on va bien rire. Regarde ce lapin, là-bas, je vais le transformer en crapaud péteur.

— C'est quoi, un crapaud péteur ?

— Mais quelle nouille, c'est pas vrai ! C'est un crapaud qui, à chaque bond... heu... il fait... enfin, tu m'as compris !

— Il fait un mètre ?

— Barbare, je commence à désespérer de te voir un jour devenir un affreux petit morvelon. Bon, admire le travail. »

Prenant un air féroce, Féroce pointa la baguette vers le lapin, prononça une formule magique et, Floup !, il se changea en crapaud péteur.

Pas le lapin, Féroce.

« Tonton Féroce ! Ho ! ho ! Ça va ? Hé, tonton !! »

Barbare n'était pas revenu de sa stupeur, quand Fétide arriva sur son balai.

« Que se passe-t-il, ici ?

— Ben... voyez, Madame, c'est mon tonton... il a pris votre baguette et...

— Mais il ne faut jamais faire ça ! s'écria Fétide. Il n'y a que moi qui puisse m'en servir. Les sorts jetés par toute autre personne se retournent contre elle.

— Ah bon ? C'est rudement bien fichu.

— Mouais... sauf qu'en attendant, il va falloir chercher une solution pour que ton oncle retrouve sa forme normale.

— Et que faut-il faire ? coassa Féroce, qui n'avait pas perdu l'usage de la parole.

— Pour commencer, je vais t'ébouillanter. »

Féroce fit un bond de frayeur. Prout ! Fétide l'attrapa par la peau du cou et lui trempa le derrière dans la marmite.

« Psscchhh, fit le derrière.

— Aïe ! Aïe ! Aïe ! fit Féroce.

— Voilà ! Maintenant, tu n'es plus un crapaud péteur, mais un crapaud tout court. Au moins, les grenouilles ne se moqueront pas de toi.

— Mais comment puis-je redevenir normal ? commença à s'affoler Féroce.

— Il faut simplement qu'une jeune fille t'embrasse. Seulement, attention ! Si un baiser de morvelonne te transforme en morvelon, un baiser de princesse te transforme en prince charmant !

— Hein ! Quoi ! Moi, en prince charmant ? Mais c'est affreux !

— Bof ! Chacun ses goûts. Bon, maintenant il faut partir parce que j'ai du travail, moi. Allez, au revoir et amusez-vous bien. »

Aussitôt, ils se remirent en route.

« Amusez-vous bien ! grommelait Féroce en sautillant. Elle est folle, celle-là ! »

chapitre 4

Féroce avait hâte de se retrouver en pays morvelon.

« Bon, on rentre en vitesse, je fais la bise à ta mère et on oublie toute cette histoire ! »

Barbare trouvait drôle de voyager avec un crapaud qu'il appelait tonton. Il avait même envie de rire, mais il se retenait pour ne pas vexer son oncle.

« Dis, tonton, tu es sûr que tu ne veux pas passer par le pays des gnomes et des elfes pour le retour ?

— Mais t'as pas encore fini avec ça ? Je t'ai dit non, et quand Féroce dit non, c'est non, sale gamin ! »

Un grand moment s'écoula sans qu'ils s'adressent la parole. Barbare boudait un peu, puis une idée commença à germer dans sa tête.

« Comment tu m'as appelé, là ?

— Hein ? Je sais pas, moi ! Barbare ?

— Non, tu m'as appelé “sale gamin”.

— Et alors, t'es pas content, sale gamin ?

— Ben non, justement, je suis pas content. Mon nom, c'est Barbare ! Et puis, je crois bien que je vais aller voir comment ça se passe chez les gnomes.

— Quoi ! ? Mais, ma parole, tu en profites parce que je ne peux pas me défendre !

— Oui, fit Barbare en donnant une petite tape affectueuse sur la tête de son crapaud de tonton. Demain, nous allons en pays elfique.

— Mais...

— Y'a pas de mais ! »

Féroce traînait la patte.

« Allez, tonton, dépêche-toi un peu.

— Oh ! ça va, hein, sale... heu... saleté de temps, je crois bien qu'il va pleuvoir, en plus ! »

Ils cheminèrent ainsi jusqu'au soir.

« Bien, nous allons dormir sous cet arbre, ordonna enfin Barbare. Et ne profite pas de mon sommeil pour aller faire trempette dans une mare, tu pourrais finir dans l'estomac d'un héron !

— Oh ! c'est malin, vraiment très drôle !

— Bonne nuit, tonton.

— Hmmmm. M'nuit ! »

Féroce se mit à rêver qu'il devenait un prince charmant.

Il se réveilla en sursaut.

Il pédalait dans le vide avec ses grandes pattes vertes. Une princesse le tenait par l'oreille. L'affreux cauchemar était en train de se réaliser.

Terrorisé, Féroce sentit les lèvres de la princesse se poser sur les siennes.

Un baiser retentit. Smack ! Aussitôt, un éclair blanc zébra la nuit étoilée et, Floup !, la princesse se changea en grenouille. Elle sautillait autour d'un Féroce totalement ahuri.

« Merci, tu m'as sauvée. La reine des grenouilles, jalouse de ma beauté, m'avait fait transformer en princesse par une sorcière ; seul le baiser d'un crapaud pouvait me rendre mon état normal. Désormais, je suis à toi. Smack ! Smack ! »

Féroce se pinçait.

« C'est pas vrai ! Je rêve ! Je vais me réveiller ! Au secours !

— Smack !

— Mais arrêtez de m'embrasser, c'est dégoûtant ! »

À ce moment-là, Barbare se réveilla à son tour.

« Tiens, tu as trouvé une copine ? »

C'en était trop.

« Mais vous êtes tous fous, hurla Féroce ! Entre les baguettes piégées, les sorcières tortionnaires et maintenant les grenouilles amoureuses, c'est ma mort que vous voulez ! »

Et il éclata en sanglots.

La grenouille partit en petits bonds vexés en assurant à Féroce que des crapauds comme lui, avec des fesses toutes cramées, elle pouvait en trouver autant qu'elle voulait.

« Eh bien moi, rétorqua Féroce, des grenouilles comme toi, d'habitude, j'en avale vingt tous les matins ! »

Et ses pleurs redoublèrent.

« Allez, tonton Féroce, calme-toi ! Tu es peut-être un peu énervé en ce moment, mais ne t'en fais pas, on va bien trouver une solution.

— Tu crois... sniff ! J'y comprends plus rien, moi. »

chapitre 5

Et ils se remirent en route.

En approchant du pays des elfes et des gnomes, la nature devint plus souriante. Dans ce paysage serein, Féroce se demandait quelle nouvelle catastrophe allait lui tomber dessus.

Dès qu'il entendait un bruit inconnu, comme le chant d'un rossignol, il bondissait de terreur et se réfugiait dans les jambes de Barbare.

Plus le paysage devenait joli et plus Féroce tremblait de peur.

« Tu as froid, tonton ?

— Oui, un petit peu, mais ce n'est pas grave. Remarque, si tu me cachais... heu... me mettais au fond de ton baluchon, bien au chaud...

— Avec ce soleil ! Enfin, si tu veux. »

Et, en un bond, le plus redoutable morvelon du pays de la Frayeur alla se blottir dans les hardes de Barbare. Ça tanguait, ça ballottait, Féroce étouffait, mais il se sentait un peu rassuré malgré le mal de mer qui le menaçait.

Soudain, Barbare aperçut le bout d'un petit bonnet rouge. Ensuite, des herbes se mirent à frétiller, comme secouées par une main invisible. Barbare entendit des chuchotements.

« Ils sont là », se dit-il.

Et, de fait, tout le petit peuple du royaume elfique s'agitait en tous sens pour suivre ce jeune morvelon, inoffensif en apparence, qui traversait leur contrée avec un mystérieux baluchon sur l'épaule.

Le seul vrai défaut que l'on connaisse à ces lutins, c'est la curiosité. Que pouvait-il bien y avoir dans ce baluchon ? Ils n'auraient de cesse de s'en emparer pour le savoir.

Barbare fit une petite halte et jeta son bagage par terre.

« Houmff ! fit celui-ci.

– Oh ! pardon, tonton, je t'avais oublié ! Écoute, je vais monter dans cet arbre, là-bas, pour voir s'il y a des habitations. »

Au bout d'un moment, Barbare revint en courant.

« Tonton ! Tonton ! Il y a une maison de morvelons ! »

Mais, lorsqu'il arriva là où il avait laissé ses affaires, celles-ci avaient disparu. Il devina aussitôt qui avait fait le coup. Il ne serait pas difficile de retrouver les voleurs, d'ailleurs, car le paquet avait été traîné dans l'herbe. Il suffisait de le suivre à la trace.

chapitre 6

Lorsque les gnomes déballèrent le contenu de leur larcin, ils trouvèrent, au milieu des frusques de Barbare, un crapaud avec le derrière plein de cloques. Quel était ce mystère ?

« Allons demander à Câline. »

À sa grande stupéfaction, Féroce se retrouva en présence d'une morvelonne. Il resta bouche bée. De sa vie, il n'avait jamais vu une aussi jolie morvelonne.

Alors, la mémoire lui revint.

Il y a très longtemps, Câline et ses parents avaient été chassés du clan des morvelons parce qu'ils étaient trop gentils. Exactement comme Barbare. De toute évidence, Câline vivait en bonne entente avec les gnomes.

À l'étonnement général, Féroce se mit à parler. La curiosité des gnomes était à son comble. Il raconta ses aventures, en les arrangeant un peu à son avantage. Un cercle se forma autour de lui. Les gnomes étaient ravis.

Comme la présence de Câline l'intimidait, Féroce s'exprima de façon mesurée, sans prononcer un seul gros mot. Il n'osa pas dire qu'un baiser lui rendrait sa forme normale.

Cependant, émue par ses malheurs, Câline le prit dans ses mains et lui fit le délicat baiser qu'il n'osait demander.

FLOUP ! Féroce redevint Féroce, mais sous une forme un peu adoucie quand même. Fatalement, un baiser de gentille morvelonne ne pouvait que le bonifier.

Quand Barbare arriva dans la maison où l'avait mené la trace du baluchon, il trouva Féroce et Câline qui échangeaient des regards ravis.

L'oncle et le neveu passèrent plusieurs jours en pays elfique.

Féroce ne quittait plus Câline. Il se montrait plein d'attentions envers elle. Il lui offrait des bouquets de ronces pour décorer sa maison, lui racontait des histoires horribles pour la faire rire…

Féroce ne savait pas très bien s'y prendre pour faire la cour, car il était habitué aux manières brutales et stupides des morvelons. Cependant, Câline ne semblait pas insensible à ses gentillesses.

Le temps passait.

Féroce avait complètement délaissé sa mission. Pourtant, il se sentait obligé de la poursuivre. Aussi, le jour du départ fut-il arrêté.

Jusqu'au dernier moment, Féroce avait espéré que Câline lui demanderait de rester. Jusqu'au dernier moment, Câline avait espéré que Féroce ne partirait pas. Mais aucun d'eux n'avait osé faire le premier pas.

Alors, un jour, l'oncle et le neveu reprirent leur chemin.

chapitre 7

Au moment des au revoir, Câline déposa un petit baiser sur la joue de Féroce. Floup ! Il devint rouge comme un poivron rouge !

En s'éloignant, il agitait tristement sa grosse main.

« Au revoir, Câline ! Au revoir, les gnomes ! Au revoir, Câline, au revoir tout le monde ! Au revoir, Câline, au revoir, les amis ! Au revoir, Câline ! Au revoir, Câline...

— Tu l'as déjà dit, tonton !

— Hein ! Quoi ? Qu'est-ce que j'ai déjà dit ?

— Au revoir, Câline ! Ça fait cinq fois. À mon avis, elle a compris.

— Oui, ben toi, j't'ai rien demandé ! »

Et, en retenant un sanglot, Féroce lança un ultime « Au revoir, Câline ! »

« Six », murmura Barbare.

Ils cheminaient sans parler.

Barbare sifflait joyeusement. Féroce rêvassait en regardant le ciel. Dans les nuages, il voyait le sourire de Câline. Dans le bruissement des feuilles, il percevait le froufrou de sa robe. Dans l'eau sautillante des rivières, il entendait les cascades de son rire cristallin.

Féroce marchait, le regard vague et la paupière humide, en se surprenant à éprouver des sentiments de tendresse pour tout ce qui l'entourait.

« Regarde, tonton, j'ai un truc à te montrer. Les gnomes m'ont donné un petit cahier sur lequel ils ont noté plein de choses sur les habitants des différentes contrées. »

Mais Féroce, perdu dans ses pensées, ne prêta pas attention à ce que lui disait Barbare.

Le soir, ils dressèrent un campement au bord d'une rivière et firent un petit feu. L'heure était douce. Les étoiles qui scintillaient dans le ciel prêtaient à la rêverie.

Barbare feuilletait son cahier.

« Tiens ! Ils expliquent que lorsqu'un gnome est amoureux d'une gnome, pour l'épouser, il doit lui demander sa main.

— Pff, tu parles d'une bêtise !

— Ils disent aussi que le prétendant doit réussir trois épreuves.

— Bah, c'est des histoires de nabots !

— C'est peut-être pareil pour tous ceux qui habitent le pays elfique : les gnomes, les elfes et peut-être même les morvelons ?

— Penses-tu !

— Évidemment, poursuivit Barbare, imperturbable, il ne faut pas avoir la trouille pour passer les épreuves.

— Alors là, tu me fais marrer ! Ça doit être de la rigolade, du genre terrasser un dragon ou couper un monstre en rondelles.

— Ce n'est pas précisé. En tout cas, ça doit être rudement difficile.

— Mais arrête ! Je suis sûr que moi, je les passe les doigts dans le nez, leurs épreuves !

— De toute façon, pour les passer, il faut être amoureux, alors, hein ! Allez, bonne nuit, tonton.

— Hmm. Bnnn'nuit. »

L'aube pointait le bout de son nez.

Barbare dormait encore. Soudain, il fut réveillé en sursaut. Féroce le secouait comme un prunier.

« Barbare, réveille-toi !

— Qu'est qu'y a ? marmonna Barbare tout ensommeillé.

— J'ai une idée grandiose ! Tu vas passer les épreuves.

— Quelles épreuves ?

— Mais les épreuves des gnomes, voyons ! Au lieu de s'embêter à faire le tour du monde de la méchanceté pour faire ton éducation, il suffit que tu ailles affronter des dragons, des monstres, et c'est pareil !

— Mais je ne suis pas amoureux, bredouilla Barbare, qui commençait à peine à comprendre ce que voulait dire son oncle.

— On s'en fiche ! On te demande pas d'être amoureux, on te demande d'être méchant ! Alors, on retourne chez les gnomes, tu passes les épreuves, et après on verra bien.

— Mais...

— Y'a pas de mais, en route ! »

Cette fois, c'est Féroce qui sifflotait, à l'idée, bien sûr, de revoir Câline.

Barbare était un peu désorienté. Il avait bien compris que son oncle était tombé amoureux de Câline, mais de là à imaginer qu'il voulait l'obliger à passer les épreuves !

chapitre 8

À peine arrivé au village, Féroce alla exposer son plan à Catapulte, le chef des gnomes.

« Ce n'est pas possible, expliqua celui-ci. Barbare est trop jeune, ces épreuves sont réservées aux adultes.

— Mais il est deux fois plus grand que le plus grand des gnomes !

— Peut-être, mais la taille n'a rien à voir. En plus, ces épreuves, on les passe pour demander quelqu'un en mariage.

— Ah ! tu vois, tonton, je te l'avais bien dit !

— Toi, tais-toi ! Bon, d'accord, mais ce serait juste pour l'entraîner, pour le cas où il tombe amoureux. En plus, ça peut vous servir ! Si on chasse un dragon ou un monstre de la région, c'est bien, non ?

— On ? s'étonna Catapulte.

— Ben, si Barbare est trop jeune, je peux l'aider...

— Très généreux de ta part !

— Je peux aussi remplacer quelqu'un qui est amoureux mais pas costaud !

— Je ?

— Oui, enfin... »

Et Féroce transpirait à force de chercher des arguments...

« Grâce à Câline, j'ai retrouvé ma forme normale, alors, heu...

— Oui, je t'écoute ?

— Eh bien… par exemple, pour la remercier, je passerais les épreuves. Voilà ! Qu'en penses-tu ?

— J'en pense que je commence à comprendre. En tout cas, il faut que le comité des sages délibère. Demain matin, tu auras ta réponse. »

Et Catapulte se retira dans sa maisonnette de chef.

Féroce aurait volontiers secoué Catapulte pour avoir une réponse tout de suite, mais il arriva à se retenir.

Le lendemain, le comité des sages le convoqua.

« Le comité, impressionné par une générosité aussi inattendue de la part d'un morvelon, accepte que tu passes les épreuves, expliqua le chef.

— Bravo, tonton, souffla Barbare, voilà que tu es généreux, maintenant. Ils vont être fiers, dans la famille !

— Toi, ça va, hein ! murmura Féroce, ou tu vas prendre ma générosité sur le coin de la figure. Bon, on commence quand ? se réjouit-il tout haut.

— Demain.

— Demain, toujours demain, marmonna Féroce.

— Ce soir, à la veillée, nous te dirons quelle sera la première épreuve. Tu auras la nuit pour te préparer. »

Féroce était ravi. Son stratagème avait marché. Une fois les épreuves réussies, ce dont il ne doutait pas, il espérait bien que Câline, admirative, lui demanderait de rester auprès d'elle. Mais, pour l'instant, il n'osait pas s'avouer qu'il était peut-être amoureux...

Le soir venu, accompagné de Barbare, il se présenta devant les sages. Tout le village était présent. Câline ne le quittait pas des yeux.

« La première épreuve, annonça

Catapulte de façon solennelle, consiste à inventer un poème pour la personne que l'on aime.

– Quoi ! ? Un poème ? C'est une blague ?

– On ne blague pas avec les épreuves, Féroce. Tu nous as dit que tu n'étais pas amoureux, tu inventeras donc un poème pour un amour imaginaire.

– Qu'est-ce que ça veut dire "imaginaire" ? demanda tout bas Féroce à Barbare.

– Pour de faux, si tu préfères.

– Ah ! bon ! Et "amour" ?

– Pfff, t'es lourd, tonton ! »

C'est un Féroce perplexe qui alla se coucher. Il avait préparé sa massue pour faire le guerrier et voilà qu'on lui demandait de faire le poète.

Le lendemain, après un sommeil entrecoupé de cauchemars poétiques,

Féroce, au prix d'un effort colossal, parvint à pondre le poème suivant :

Mon amour pour de faux
Voilà un poème comme il faut
Si j'vois mon cousin Ignoble
J'lui casse une guibole
Si j'attrape un crapaud péteur
J'le bouffe avec des pommes vapeur
Si je chope Fétide cette folle
J'lui flanque une belle torgnole
Si j'tombe sur la fée-grenouille
J'la traite de grosse andouille !

Féroce était plutôt content de lui. Finalement, la poésie, se dit-il en relisant son abominable chef-d'œuvre, ce n'est pas si difficile que ça. Il ânonna son poème au comité des sages. Ils ne firent aucun commentaire.

La deuxième épreuve, lui expliqua-t-on, consiste à préparer un repas.

« Mais c'est quoi, ces épreuves à la noix ? s'emporta Féroce.

– Ce sont nos épreuves. Tu veux abandonner ?

– Non, non ! » se résigna Féroce.

Il se souvint alors des cataclysmes que lui faisait sa grand-mère. C'est une espèce de pâté de mouches vertes écrasées, de limaces et de têtes de rats. On mélange avec du piment et du soufre, on rajoute du vinaigre, on laisse au soleil pendant sept heures et ça vous fait une terrine dont vous vous souvenez toute votre vie.

Féroce, qui était encore un peu d'humeur poétique, rajouta des tripes de lézards.

L'horrible cuisinier s'activa toute la journée. Une odeur de pourriture s'élevait de sa marmite. Le soir, en voyant arriver Féroce, tout fier, avec son plat qui répandait une puanteur à faire tomber les arbres, les sages furent très inquiets.

Entendre un poème totalement atroce, c'est une chose, manger un cataclysme... L'affolement commençait à s'emparer du comité, quand un miracle se produisit : Féroce se prit les pieds dans une racine et renversa tout le cataclysme par terre.

Pchiiiiiii ! Cela fit un grand trou dans le sol.

Féroce, les bras ballants, était désolé devant l'étendue du désastre. Les sages, ravis d'avoir échappé à l'empoisonnement, s'empressèrent de dire que c'est l'intention qui compte ! L'épreuve était donc brillamment réussie.

La troisième épreuve, expliqua Catapulte, consiste à aller massacrer une famille d'elfes pendant son sommeil.

« Pardon ?

— Tu as bien entendu.

— Mais...

— Tu renonces ?

— Heu, non ! » bafouilla Féroce en jetant un regard anxieux à Câline.

Celle-ci ne broncha pas.

« Tonton, s'enquit Barbare, tu ne vas pas faire ça ?

— Ben, s'il le faut ! Tu sais, les elfes, ça sert pas à grand-chose. En plus, c'est tout petit, une famille de plus ou de moins, on verra pas la différence... »

Cette nuit-là, Féroce, armé de sa massue, s'enfonça dans la forêt. Taillées dans le creux des arbres, les habitations des elfes n'étaient pas difficiles à trouver. Féroce en repéra une.

« Bon, quand faut y aller, faut y aller », essaya-t-il de se persuader.

Il s'approcha à pas de loup.

Par une fissure, il vit les elfes qui dormaient paisiblement. Soudain, il entendit un enfant remuer dans son sommeil et sa mère lui dire : « Rendors-toi, mon chéri, tout va bien ». Les larmes montèrent aux yeux de Féroce. Il jeta sa massue le plus loin possible en traitant les sages de fous furieux ! Le lendemain, dès le lever du jour, il partirait avec Barbare, loin de toute cette barbarie.

Quand Féroce arriva au village, tous les gnomes l'attendaient. Ils l'accueillirent avec des cris de joie et des applaudissements. Féroce venait de réussir la troisième épreuve.

« On te surveillait, nous t'aurions empêché de massacrer la famille. »

Alors, Câline se dirigea vers Féroce et lui fit un gros baiser sur la bouche ! Dans le ciel de Féroce, les étoiles, prises de folie, tournoyèrent et, Floup !, il tomba dans les pommes. Ça faisait beaucoup d'émotions, même pour le plus redoutable des morvelons.

chapitre 9

Maintenant, Féroce avait tout son temps pour apprendre à faire la cour à Câline.

Barbare comprit qu'il serait seul à prendre le chemin du retour.

Un beau matin, il partit.

Il était un peu triste de quitter son oncle. Celui-ci, en agitant sa grosse main, lui cria de loin :

« Au revoir, sale gamin ! Je t'aime bien ! Embrasse Anthrax et Furibonde pour moi !

— Au revoir, tonton Féroce, à bientôt ! »

Trois jours plus tard, en approchant de chez lui, Barbare était un peu inquiet. Ses parents s'attendaient à retrouver un affreux petit morvelon, bête et méchant, et c'est un Barbare calme, épanoui et sûr de lui qui revenait.

« Après tout, se dit-il, ils sont comme ils sont et je suis comme je suis. »